Le Dernier Pisteur

3 - Le chant des hyènes

24-32, rue des Amandiers, 75020 Paris – France

Direction générale : Gauthier Auzou
Responsable éditoriale : Maya Saenz-Arnaud
Éditrice : Emeline Trembleau
Responsable studio graphique : Alice Nominé
Conception graphique : Mylène Gache
Responsable fabrication : Jean-Christophe Collett
Fabrication : Bertrand Podetti
Correction : Catherine Rigal

Loi n° 49-956 du 16 juillet 1949 sur les publications destinées à la jeunesse,
modifiée par la loi n° 2011-525 du 17 mai 2011.
Dépôt légal : septembre 2017. Imprimé en Serbie.

Produit conçu et fabriqué sous système de management de la qualité certifié AFAQ ISO 9001.

Le Dernier Pisteur

3 - Le chant des hyènes

Écrit par Pascal Brissy
Illustré par Bonnie Pang

AUZOU romans Pas de géant

La guerre s'apprêtait à faire rage.
L'un des pisteurs était pris en otage.

Mémoires de Sombresecret

1

Une armée envahissait la grande plaine qui s'ouvrait au pied des collines rocailleuses.

Une marée de hyènes, toutes debout dans leurs armures de cuir, équipées d'arcs, de lances ou de sabres courts. Des animaux dotés de parole et aux regards cruels qui n'obéissaient aux ordres que d'un seul homme resté en arrière sur les hauteurs : Nokta, le noir seigneur de Sombresecret.

Cette position stratégique permettait au chef des troupes en place de garder une vue d'ensemble sur les événements en cours.

Ses hordes étaient prêtes à mettre en pièces quiconque se présenterait sur un simple geste de sa part. La clameur des troupes en attente

résonnait en un bourdonnement discontinu. Nokta contempla une nouvelle fois l'étendue de son pouvoir avec délectation. Ses yeux brillaient d'une lueur féroce, presque bestiale.

Les événements s'étaient déroulés bien plus facilement qu'il ne l'avait imaginé. Nokta s'apprêtait à donner l'ordre aux hyènes de quadriller la forêt pour éradiquer les dernières présences rebelles… lorsqu'une agitation anormale s'éleva d'un groupe de ses soldats rassemblés plus loin sur le flanc droit. Le tyran plissa les yeux.

Une ourse surgit à la lisière des forêts voisines pour foncer tête baissée dans les rangs des hyènes et les renverser comme des quilles.

L'animal n'était pas seul. Cette ourse répondait au nom de Lyka et transportait un passager sur son dos. Il s'agissait d'un jeune garçon aux cheveux noir d'encre et aux yeux couleur émeraude. Il s'appelait Zak, mais depuis peu, des récits circulaient à travers Sombresecret et on lui prêtait un autre surnom : le dernier pisteur !

En effet, comme d'autres pisteurs avant lui, Zak avait la faculté d'établir un Lien magique avec les animaux. Il pouvait ainsi communiquer avec eux par la pensée, voir à travers leurs yeux, et parfois même leur imposer sa propre volonté. Il avait reçu cet enseignement de Sisyphe, son mentor, un pisteur qui l'avait recueilli des années plus tôt dans un orphelinat. Toutefois, depuis quelques mois, les pouvoirs de Zak s'étaient nettement développés à la faveur de sa rencontre avec Lyka et une amitié sans pareille était née entre le garçon et l'ourse au gré d'aventures de plus en plus dangereuses. Un duo exceptionnel qui parvenait désormais, grâce au Lien, à faire usage de capacités extraordinaires.

Mais Nokta, le tyran, était également un pisteur et, depuis qu'il s'était emparé du trône de Sombresecret, il n'avait eu de cesse de faire éliminer ceux qui possédaient le même don que lui. Il pensait d'ailleurs être sur le point d'y parvenir puisqu'il était arrivé à battre Sisyphe, qui en réalité n'était autre que son propre frère.

L'intrusion dans les rangs des hyènes se poursuivait tambour battant.

Soudain, l'ourse se cabra, stoppée par des adversaires toujours plus nombreux. Zak resta cramponné à son cou avant de brandir son arbalète pour menacer d'un tir mortel qui se risquerait à trop s'approcher.

Lyka retomba lourdement sur ses pattes, les babines retroussées :

— *Si tu as une autre idée, c'est le moment*, songea-t-elle aux abois, *parce que je doute qu'on nous laisse aller plus loin !*

Zak ne répondit pas et, contre toute attente, baissa son arme.

Le pisteur lâcha l'encolure de l'ourse et leva lentement le bras à l'horizontale, le poing serré. Il ouvrit la main brusquement, la paume dirigée vers une hyène prête à l'affronter, pour accentuer son pouvoir :

— Lâche ton arme ! ordonna Zak d'un ton sans appel.

La hyène poussa d'abord un petit cri sinistre pour se moquer, mais la force du Lien que Zak était maintenant capable d'utiliser la rappela à l'ordre.

Elle fut contrainte d'obéir malgré elle et laissa tomber son arc au sol.

Un brouhaha de stupeur et d'incompréhension s'empara aussitôt des rangs ennemis. Les hyènes savaient qu'elles ne répondaient pas aussi facilement au Lien que les autres espèces. C'était dans leur nature.

Lyka profita de l'effet de surprise pour reprendre l'avantage et se fraya un passage d'un puissant balayage de patte. Trois hyènes en subirent les conséquences pour tomber en arrière sur leurs congénères, et le duo reprit sa charge, haletant.

Lyka et Zak répétèrent l'opération à deux reprises avant de changer de stratégie pour poursuivre leur avancée qui se compliquait mètre après mètre. Les hyènes, qui avaient d'abord cru à une querelle au sein des troupes, commençaient enfin à réagir pour leur barrer la route.

À leur arrivée au pied des collines, le pisteur siffla entre ses doigts et un nouvel allié s'invita dans le combat par un seul cri strident. Un aigle royal fendit le ciel où il tournoyait entre les rares nuages pour frapper le dos d'une hyène de ses serres avant de reprendre son envol.

Cette fois, les ennemies resserrèrent leurs rangs pour en finir avec les auteurs de cet affront. Les hyènes ressemblaient à des animaux enragés.

— Il suffit ! gronda une voix implacable depuis les hauteurs, écartez-vous et laissez-les venir à moi !

Les troupes obéirent sur-le-champ aux ordres de leur chef et un passage rectiligne s'ouvrit dans les rangs des hyènes.

Lyka s'y engagea lentement. L'ourse et le garçon demeuraient vigilants tandis qu'un cliquetis d'armes remises au fourreau jalonnait leur passage.

Nokta portait une cape aux reflets mordorés qu'il dégrafa et laissa tomber sur le sol. Une hyène se hâta de la ramasser derrière lui. Le frère de Sisyphe lui ressemblait beaucoup, bien que les traits de son visage soient moins fatigués.

— Alors, c'est toi, le garçon dont on me parle depuis quelque temps !? ironisa-t-il en caressant ses poignets où deux serpents aspics se mirent à onduler légèrement.

— Où est Sisyphe ? exigea Zak, déterminé.

Laissez-le partir, sinon…

— Ha, ha ! Sinon quoi, gamin ? Tu vas te fâcher tout rouge et te mettre à bouder ?

Un petit rire s'empara des hyènes qui encadraient leur maître, mais ce dernier y mit fin d'un regard plein de noirceur :

— Amenez-le ! ordonna Nokta.

Un mouvement de foule se produisit et Sisyphe en fut éjecté pour tomber sur le sol, ligoté. Le vieux pisteur était mal en point et portait de nombreuses traces de coups.

— Dis-moi, petit malin, reprit le tyran, son frère à ses pieds, qu'est-ce que tu comptes faire pour libérer ton ami seul contre tous ?

— C'est là que vous vous trompez, déclara Zak en flattant le col de Lyka, je ne suis pas seul !

L'heure de la séparation fut sonnée.
Le garçon repartit le cœur brisé.

Mémoires de Sombresecret

2

Nokta continua de dévisager le garçon perché sur son ourse. L'animal grogna. L'homme ne parut nullement impressionné par ses menaces et tendit la main vers son prisonnier. Le serpent enroulé sur son bras releva la tête et ouvrit la gueule comme s'il était prêt à mordre.

— Allons, allons, du calme, susurra Nokta en observant la réaction du reptile, mon cher frère n'a pas l'air au mieux de sa forme... Sais-tu ce que signifient les crocs qui décorent son baudrier ? demanda-t-il à Zak. Ils appartenaient à chacun des assassins que j'ai envoyés à ses trousses durant ces dernières années.

— Visiblement, ça ne vous a pas réussi ! répliqua Zak avant de s'adresser au prisonnier : Tenez bon ! On va vous sortir de là !

— *Méfie-toi ! Nokta est un véritable monstre !* songea Lyka pour le jeune pisteur tandis que Sisyphe demeurait silencieux.

— *Prépare-toi !* lui répondit Zak via le Lien.

— *Oh ! comme c'est touchant !* intervint tout à coup la voix de Nokta dans cet échange.

Le garçon tressauta, surpris par l'intrusion de son adversaire dans son Lien avec son ourse.

Les hyènes spectatrices de la scène dévisagèrent leur maître sans comprendre ce qui se produisait. Seul Sisyphe saisit l'importance de l'enjeu. Il releva la tête pour murmurer d'une voix faible :

— Pre… prenez garde !

— Tu sais bien qu'il est déjà trop tard, lui répondit son frère avant de s'adresser à nouveau à Zak : On m'a conté ton talent, mais sais-tu au moins de qui tu le tiens et pourquoi tes parents t'ont abandonné ? À ta place, dit-il, je me serais demandé pourquoi mon frère agit avec toi comme un père…

Le garçon sourcilla et son regard passa à plusieurs reprises du geôlier à son prisonnier tandis que les hyènes demeuraient étrangement silencieuses.

— Vous connaissez mes parents ? interrogea Zak, pris au dépourvu.

— Ça se pourrait, lâcha Nokta, mais assez

bavardé ! conclut-il.

Le seigneur de Sombresecret détourna son attention de son frère pour s'approcher de ses deux adversaires. Le cruel sourire qu'il affichait ne s'effaça pas de son visage. Soudain, il leva lentement les deux bras où les yeux des serpents brillaient comme de petites pierres précieuses. Puis il ouvrit les paumes des mains et annonça :

— Maintenant, lève-toi et rejoins-moi !

Ces mots engendrèrent un événement

inattendu. L'ordre était adressé à Lyka et, contre toute attente, elle obéit presque docilement. L'ourse rua sur ses pattes arrière et désarçonna son cavalier.

— *Qu'est-ce qui t'arrive !?* s'étonna Zak sans se soucier de la douleur provoquée par sa chute. *Lyka ! Réponds-moi, je t'en prie !* la supplia le pisteur.

Mais l'ourse se laissa retomber sur ses pattes et avança lourdement pour s'arrêter derrière Nokta.

Zak regarda son amie bouche bée tandis que des larmes se mettaient à perler sur ses joues malgré lui. « Bon sang ! Que se passait-il ? »

— Tu crois être le seul à maîtriser la puissance du Lien ? déclara Nokta avec arrogance. Tu t'es peut-être pris pour le plus grand des pisteurs… mais tu n'es rien ! Et bientôt, quand j'en aurai fini avec ce royaume, j'en terminerai avec elle, où qu'elle se cache !

Zak n'eut pas le temps de comprendre de qui Nokta parlait. Le garçon se tint pantelant, son arbalète baissée. Nokta était parvenu à briser son Lien avec Lyka. Désormais, l'ourse obéissait aux ordres du tyran.

Les hyènes poussèrent de petits cris de satisfaction pour encourager le garçon à abandonner, et à chaque tentative il se heurtait à une sorte de barrière infranchissable.

Soudain, un nouvel incident vint perturber les rangs des hyènes postées dans la plaine.

Les rebelles que Zak avait sauvés du danger de la Manticore s'étaient organisés et passaient à l'attaque ! Ils s'étaient retranchés dans les bois jusqu'alors et en sortirent à l'orée, en ligne, avant de s'engager dans la plaine armes en main.

Sisyphe profita de cette diversion providentielle pour se hisser sur ses jambes avant de foncer tête baissée dans le groupe de hyènes posté à ses côtés.

Il renversa ses gardiennes, trancha ses liens sur la lame de l'une d'elles et repoussa violemment son frère pour attraper Zak par le bras :

— Vite ! hurla-t-il.

Les fuyards profitèrent de l'effervescence et nombre de hyènes demeurèrent immobiles à s'interroger sur leur priorité : fallait-il poursuivre Zak et Sisyphe ou plutôt affronter les rebelles ?

— Remuez-vous, bande d'incapables ! hurla Nokta, hors de lui.

Le seigneur de Sombresecret se savait contraint de rester à proximité de Lyka s'il voulait conserver son emprise sur l'animal. Il avait tout fait pour le cacher, mais cette action lui avait coûté beaucoup d'énergie.

— *Mon frère avait raison*, songea-t-il, *ton maître est puissant, très puissant…*

— *Ce n'est pas mon maître*, répliqua Lyka à travers le Lien, *pas plus que toi, et tu vas me le payer…*

L'ourse s'interrompit, privée d'autre commentaire par Nokta qui l'obligea à le suivre :

— Attachez-la, vous autres ! cria-t-il aux hyènes de sa garde rapprochée.

L'affrontement entre les rebelles et les hyènes se poursuivait. Sisyphe dut faire appel à ses dernières forces pour que Zak et lui puissent se frayer un passage au corps à corps. L'aigle royal les aida également en plongeant sur leurs agresseurs comme il l'avait déjà fait.

Ainsi, le duo parvint à s'engouffrer dans les bois au prix de nombreuses plaies et contusions.

Zak courait mécaniquement, sans comprendre, plus rien n'avait d'importance à ses yeux. Le pisteur était encore sous le choc de sa séparation avec Lyka. Son amie était restée là-bas, derrière lui, à la merci du cruel Nokta et de ses maudites hyènes.

Des hyènes qui entamèrent un chant lugubre pour fêter à l'avance l'issue de cette bataille. Cette mélodie portée par des voix puissantes et éraillées donnait immédiatement des frissons à qui l'entendait et le chant devenait très vite obsessionnel. Zak jeta un regard vers la colline dans son dos. Il n'était pas seul, puisque Sisyphe le suivait dans sa course folle, mais c'était tout comme…

Le passé ressurgit.
Il était une fois la jalousie.

Mémoires de Sombresecret

3

La fuite dura plusieurs heures à travers bois. Mais Sisyphe et Zak avaient de l'expérience dans ce domaine. Ils avaient eu à se cacher à plusieurs reprises dans Sombresecret durant ces dernières années.

Les deux pisteurs firent une halte au pied d'un vieux chêne une fois sûrs d'être en sécurité. Sisyphe proposa de retrouver les rebelles qui avaient jugé bon de battre en retraite avant que les armées de Nokta ne s'organisent correctement.

Sisyphe cherchait à reprendre son souffle alors que Zak demeurait quasi impassible. Il toisa son ancien mentor avant de lui poser une question qui les déstabilisa tous les deux :

— Êtes-vous mon père ?

— J'aurais bien voulu, lui répondit le vieux pisteur, mais non, mon garçon, je ne le suis pas. Nokta a voulu semer la confusion dans ton esprit.

— Mais vous savez qui c'est, pas vrai ? reprocha Zak. Alors, pourquoi ne me l'avoir jamais dit ?

— J'ai connu tes parents avant de te retrouver à l'orphelinat, en effet. Au début, je n'étais pas sûr de ton identité, mais très vite, c'est devenu une évidence. J'imagine qu'il est l'heure pour moi de tout te raconter…

Lisandra, la mère de Zak, était une pisteuse hors pair. Elle pouvait user du Lien avec une facilité déconcertante quel que soit l'animal

avec lequel elle échangeait. Sisyphe l'avait même vue dompter une hydre, ce monstre à sept têtes ! Son talent n'avait d'égal que sa douceur et sa beauté. Oui, elle était vraiment très belle, et beaucoup de pisteurs rêvaient en secret de ravir son cœur.

Le frère de Sisyphe faisait partie de ceux-là. Nokta tomba fou amoureux d'elle, tandis que Sisyphe se consacrait à l'art du combat. À l'époque, le mentor de Zak avait soif d'apprendre et ne prêtait pas de temps à la romance, mais il comprenait ses compagnons, et voir son frère dans cet état l'amusait.

Plus tard, Sisyphe apprit que Lisandra était tombée amoureuse de quelqu'un d'autre, un brave homme au demeurant, mais qui ne connaissait rien du don des pisteurs. Non, il n'était pas l'un des leurs, et lorsque Sisyphe rentra chez lui, il retrouva son frère fou de rage.

Nokta avait vécu cela comme un affront et

son cœur s'était chargé d'une haine indicible. C'est ainsi que tout avait commencé…

Nokta avait mis à mal la hiérarchie des pisteurs, et leurs anciens, ceux qui mettaient les plus jeunes sur la voie du Lien, avaient été écartés petit à petit. Des disparitions inquiétantes étaient survenues et l'équilibre entre les hommes et les animaux avait été mis en péril à cause de ces événements qui accaparaient l'attention. Des animaux sauvages avaient attaqué des villages sans que les pisteurs puissent trouver d'explication. Mais en réalité, le frère de Sisyphe œuvrait déjà dans la pénombre pour s'emparer du trône.

Peu après, il organisa un coup d'État en renversant Tynaël, l'ancien seigneur de Sombresecret.

Nokta était devenu le chef des hyènes crokutas. Pourtant, son but réel restait tout autre.

La jalousie l'avait entièrement consumé et, sous couvert d'un incident avec les hyènes monté de toutes pièces, il fit capturer les parents de Zak.

Son père voulut protéger sa mère, mais le pauvre n'avait pas survécu, car Nokta s'était montré sans pitié…

Quant à Sisyphe, il devint son pire ennemi le jour où il permit à la mère de Zak de s'enfuir pour les royaumes voisins. Nokta envoya nombre d'assassins à ses trousses mais, comme les crocs du baudrier de Sisyphe en témoignaient, il parvint à éviter cette mort promise.

Ce que Sisyphe ignorait à l'époque, c'est que Lisandra attendait un enfant, Zak, et si elle fit le choix de le confier à l'orphelinat « Bon secours » où Sisyphe le retrouva par hasard, c'est qu'elle cherchait seulement à le protéger. Si elle était toujours en vie, Lisandra devait probablement se cacher dans les terres lointaines d'Ursidia, la contrée des ours. Car, non, ces contrées n'étaient pas une légende. Sisyphe s'y était déjà rendu…

Zak demeura silencieux un long moment. Son destin était donc intimement lié à celui du tyran. Nokta était l'homme qui avait tué son père…

Mais le garçon était différent du tyran et il ne céda pas aux flammes de la vengeance. Il songea plutôt aux hyènes sous les ordres du seigneur de Sombresecret. Ses pensées allèrent en particulier à Ombre, la hyène qui avait su voir en lui autre chose et qui avait sacrifié sa vie pour le sauver de la Manticore, le lion ailé à queue de scorpion.

Le chant lugubre des hyènes reprit dans le lointain. La mélodie gutturale était destinée à effrayer l'ennemi mais, comme Sisyphe, combattant aguerri, Zak n'y était pas sensible.

Il avait beaucoup changé depuis son départ de l'orphelinat. Le garçon se pencha et tendit l'avant-bras à son mentor pour l'aider à se relever. L'homme le saisit et fit remarquer :

— Je connais bien ce regard, désormais. Tu n'envisages plus de rejoindre les rebelles, n'est-ce pas ?

— Pas tout de suite, acquiesça Zak, je dois d'abord libérer Lyka. Elle a besoin de moi et je me suis juré de toujours être présent pour elle…

— … comme elle le ferait pour toi.

— Oui.

— Très bien, déclara Sisyphe, je crois que j'ai plus à apprendre de toi que le contraire, désormais, mais laisse-moi te montrer l'un de mes derniers tours. Ça pourrait nous être utile…

Le duo jugea bon d'attendre la tombée de la nuit pour favoriser son intrusion dans le camp

des hyènes restées postées dans la grande plaine au pied de la colline. Une position dominante qui leur avait permis de repousser l'assaut des rebelles du secteur.

Sisyphe s'absenta un moment en fin d'après-midi et revint avec quelques accessoires dérobés à une hyène un peu trop à l'écart du camp. Après l'avoir mise hors d'état de nuire, le pisteur lui avait emprunté ses pièces d'armure et lui avait également rasé plusieurs touffes de poils.

Puis, à son retour, il avait convié le jeune pisteur à l'imiter et à se frotter avec le duvet :

— Ça nous aidera à masquer notre odeur, expliqua Sisyphe, et l'armure n'est destinée qu'à mieux dessiner nos silhouettes dans l'obscurité afin de nous fondre dans la masse. La puissance du Lien fera le reste pour les inviter à se détourner de nous…

La nuit porte conseil, dit-on.
Elle est aussi propice aux évasions.
Mémoires de Sombresecret

4

La nuit s'installa graduellement pour recouvrir les bois d'un manteau sombre. Zak et Sisyphe patientèrent quelques heures supplémentaires, afin d'être sûrs que la majorité des hyènes du campement soient endormies. Enfin, ils sortirent des bois pour avancer encapuchonnés en territoire ennemi.

Les hyènes s'étaient réparties en plusieurs escadrons, chacun chargé de désigner ses tours de garde. Tous les animaux dormaient sur des nattes posées à même le sol et le seul feu autorisé se consumait en haut de la colline au bénéfice du seigneur Nokta et de sa garde rapprochée. C'était sans doute là-bas, comme l'avait été Sisyphe lorsqu'il avait été capturé, que Lyka était retenue prisonnière.

La première patrouille de garde croisée par les deux pisteurs ne s'inquiéta pas de leur passage. Les hyènes s'imaginaient sûrement qu'il s'agissait là pour leurs congénères d'assouvir quelque besoin naturel à l'extérieur du camp. Mais il n'en fut pas de même pour les gardes suivants.

Une hyène jusque-là immobile et silencieuse les interpella, ce qui fit tourner quelques têtes dans leur direction :

— Eh, vous deux ! Qu'est-ce que vous fabriquez à cette heure ?

Zak et Sisyphe s'immobilisèrent, entourés d'un parterre de hyènes endormies ou grommelant dans leur sommeil. Le vieux pisteur finit par s'avancer vêtu de son maigre déguisement. Puis il passa rapidement la main devant lui comme un magicien jetterait un sort et répondit d'une voix étonnamment calme et pacifique :

— Nous ne faisons que répondre aux ordres du seigneur Nokta…

À cette étrange manœuvre, la hyène eut un moment d'égarement, comme si un voile de brouillard empêchait d'un seul coup l'usage de ses sens.

Zak releva toutes les subtilités de la technique de dissimulation que Sisyphe était en train de lui enseigner. Son mentor l'avait alerté sur les dangers de cet exercice qui demandait beaucoup d'énergie et fatiguait très vite son utilisateur. Elle consistait à faire plier l'esprit de la cible à travers le Lien avant de s'en détourner rapidement comme si rien ne s'était produit. D'ailleurs, Zak prit les devants et vint soutenir le vieux pisteur. Sisyphe, affaibli, se rattrapa sur son bras et ils reprirent leur parcours.

Une fois au pied de la colline, ce fut Zak qui dut utiliser la technique mais, curieusement, il ressentit plus de lassitude que de fatigue :

— Le seigneur nous a fait appeler, souffla-t-il à la hyène qui le menaçait de son arme.

Le résultat fut tout aussi étourdissant et la hyène s'écarta au bout de quelques secondes. Le jeune pisteur n'éprouva aucune difficulté pour utiliser le Lien et répéta l'opération un peu plus loin jusqu'à atteindre les tentes de Nokta.

Zak se laissa guider par son instinct pour repérer Lyka.

L'ourse était enfermée dans une cage aux barreaux d'acier tout juste assez grande pour l'accueillir.

— Ouvre, ordonna Zak à l'une des deux hyènes postées devant la geôle.

— Le seigneur… protesta la seconde.

Mais Sisyphe tempéra ses ardeurs par une nouvelle illusion :

— Je suis ton seigneur, murmura-t-il.

En réponse, la hyène hocha la tête bêtement

et, tandis que l'autre s'exécutait, Zak passa une main derrière les barreaux pour la poser sur le pelage de Lyka.

— *Ça va ? Tu n'as rien ?* lui demanda-t-il à travers le Lien. *On va te sortir de là…*

L'ourse ouvrit les yeux lentement et c'est tout aussi lentement qu'elle lui répondit :

— *Je préfère rester là, je mérite mon sort…*

Zak roula des yeux stupéfaits : s'il s'attendait

à rencontrer de la résistance, ce n'était pas de la part de sa fidèle amie.

— *Ne dis pas de sottises !* maugréa-t-il. *Dépêche-toi, nous n'avons pas toute la nuit !*

L'ourse le fixa d'un air grave, puis elle reprit le contact grâce au Lien :

— *Je t'ai trahi*, songea-t-elle, *Nokta a bien failli m'utiliser pour s'en prendre à toi…*

À cet instant, Zak réalisa à quel point Lyka tenait à lui et à leur amitié. Mais il n'était pas question de laisser Nokta s'interposer :

— *Fais-moi confiance, nous trouverons une solution ! Nous l'avons toujours fait, ensemble…*

Lyka demeura immobile un instant avant d'obtempérer, car rester sur place ne faisait que mettre Zak davantage en danger.

Dans l'intervalle, Sisyphe abandonna l'utilisation du Lien pour continuer à masquer leur évasion et neutralisa deux hyènes dans une attaque furtive. Hélas, un vent d'agitation commença à filtrer près des tentes et un pan de l'une d'elles se souleva.

Nokta fit son apparition et comprit immédiatement la situation.

— Tsss ! Vous comptiez partir sans prendre la peine de me saluer ? railla-t-il. Ton manque d'attention me déçoit au plus haut point, cher frère !

Sisyphe fit un bond dans le dos de l'une des hyènes de la garde rapprochée du tyran et parvint à l'immobiliser en un éclair. Le vieux pisteur utilisa son adversaire comme bouclier tandis que Zak et Lyka se postèrent derrière lui, prêts à un combat sans merci.

— Allons, tu crois vraiment que ça va m'arrêter ? objecta Nokta d'un air faussement contrarié en levant le bras. Tu m'as habitué à mieux !

À ces mots, il ordonna au serpent enroulé sur son bras gauche :

— Mords !

À partir de cet instant, la scène se déroula très vite : le reptile obéissant jaillit comme une flèche pour planter ses crocs dans le cou de la hyène, rempart involontaire des intrus.

Le soldat s'effondra sur-le-champ sous les yeux hagards de ses semblables. Sisyphe en profita pour mettre deux autres hyènes au sol.

Mais le serpent rampait déjà vers sa nouvelle proie.

Lyka avait soif de revanche et commençait à avancer.

Heureusement, Zak la sauva de la morsure fatale d'un tir de son arbalète. Le carreau épingla le reptile dans le sol et Nokta n'eut pas le temps de le maudire. Il poussa un cri de douleur, renversé par le puissant balayage d'une patte d'ourse.

L'effervescence s'empara du camp. Nokta se trouva assailli par les gardes venus à son secours.

— *Dis-lui de grimper lui aussi sur mon dos !* songea Lyka via le Lien à propos de Sisyphe.

L'ourse ne tarda pas à traverser les lignes ennemies avec ses deux cavaliers.

Une nouvelle traque s'engagea, mais, une fois encore, les pisteurs se révélèrent des experts en la matière et ils disparurent dans les bois.

L'attaque pour seul espoir.
Mais eux avaient décidé de continuer à croire.

Mémoires de Sombresecret

5

À l'aube, les pisteurs étaient déjà loin.

Sisyphe escalada un arbre pour s'assurer de leur position.

— *Nous l'avons échappé belle !* pensa Zak pour son ourse.

— *J'en ai assez, nous n'aurons pas toujours autant de chance !*

— *Que veux-tu dire ?*

— *Tu as vu comme moi ce dont Nokta est capable. Que se serait-il passé s'il m'avait ordonné de te mettre en pièces ?*

Le jeune pisteur haussa les épaules avant de répondre d'un air faussement ironique :

— *Eh bien, je t'aurais neutralisée ! Peut-être même que je t'aurais assommée, tiens !*

Lyka grogna pour lui répondre, mais une gêne s'installa entre eux.

— *Tu as raison*, reprit Zak, *moi aussi j'en ai assez de ces combats. Il faut que ça cesse…*

— *Oui, mais comment ?*

Alors qu'ils étaient plongés en pleine réflexion, Sisyphe sauta d'une branche pour les rejoindre et mit fin à leur échange.

— Les rebelles se réorganisent plus au nord,

j'ai remarqué des volutes de fumée et ils ont abattu plusieurs arbres, sans doute pour fabriquer des herses en taillant les troncs en pointe. Cette bataille prend une mauvaise tournure et, sans notre aide, ils courent droit au désastre.

— Dit quelqu'un qui est parti affronter Nokta tout seul ! objecta Zak.

— Oui, j'avoue que ce n'était pas très malin, répondit Sisyphe, pris au dépourvu, j'imagine que je pensais pouvoir régler le problème « en famille ».

Lyka s'adressa à nouveau à Zak à travers le Lien :

— *Trois combattants n'y changeront rien, on ferait mieux de partir le plus loin possible de ces terres !*

— *Non*, refusa Zak, *la fuite n'est pas une solution.*

— Très bien, proposa Sisyphe, rejoignons la position des rebelles comme nous l'avions déjà envisagé, nous aviserons sur place !

La décision fut entérinée contre l'avis de Lyka. Mais Zak savait que l'ourse craignait surtout de perdre encore le contrôle de ses gestes.

— *Ça n'arrivera plus*, songea Zak pour la rassurer, *je te le promets*.

Le groupe marcha plusieurs heures dans une atmosphère où la vigilance était de mise.

Les caprices de la météo n'arrangèrent pas les choses et une pluie battante s'abattit sur la

forêt sans s'annoncer. Une mousson qui rendit leur vision de l'horizon plus difficile tandis que les sons étaient également masqués par le bruit de l'eau qui martelait les feuillages alentour. Sans oublier le terrain devenu boueux.

Mais les trois aventuriers n'avaient guère le temps de chercher un abri.

Aucun mot ne fut prononcé sur le trajet, excepté les protestations coutumières de Lyka, signe qu'elle allait mieux :

— *Pff ! Je ferais mieux d'aller hiberner !*

À peine furent-ils arrivés à proximité de la zone repérée par Sisyphe que des éclaireurs rebelles se manifestèrent. Parmi eux, une femme se présenta sur-le-champ. Elle était escortée de deux hommes, mais Zak la reconnut immédiatement malgré ses cheveux trempés. Il avait fait la connaissance de Calisse quelques jours plus tôt lors du piège de la Manticore qui avait provoqué la mort d'Ombre, la seule hyène qui avait eu le courage de s'opposer à Nokta :

— Laissez-les passer ! ordonna Calisse aux vigies postées dans les arbres voisins. Nous n'avons rien à craindre, ce garçon est le dernier pisteur !

Les murmures se déclenchèrent rien qu'à l'évocation de ce nom et Zak se prit à rougir malgré lui.

— *S'ils te connaissaient comme moi, ils seraient moins enthousiastes de te voir !* songea Lyka pour le taquiner.

— *Très drôle !*

Très vite, les deux pisteurs et Lyka comprirent que les rebelles préparaient une grande offensive. Ils s'étaient repliés dans cette partie des bois à cet effet.

— Nous devons stopper Nokta une fois pour toutes, révéla la rebelle, qui les invita à la

suivre sous une bâche tendue entre les arbres, Sombresecret est au plus mal à cause de ces maudites hyènes !

Sisyphe acquiesça mais Zak préféra la contredire :

— Vous faites erreur, déclara-t-il, les hyènes sont juste des instruments !

La jeune femme s'immobilisa pour scruter le garçon d'un regard plein de reproche.

— Elles ont été dupées, tenta d'expliquer

Zak, tout comme nombre d'habitants de Sombre-secret. Nokta leur a fait croire en un avenir prospère. Il a nourri leur colère contre les hommes et s'en sert encore pour les tenir sous son joug. Vous-même avez pu le voir quand Ombre, la hyène rebelle, a affronté la Manticore…

— Rien ne s'opposera à l'attaque que nous préparons ici, objecta la rebelle, nous ne commettrons pas les mêmes erreurs qu'autrefois. D'ailleurs, c'est pour cette raison que nous n'avons pas construit de camp. Nous resterons mobiles et, quand les derniers préparatifs seront achevés, nous attaquerons sur trois axes pour les diviser. Nous avons pu tester les forces de Nokta après quelques frappes surprises et même si beaucoup mourront aujourd'hui, la fin du tyran est proche. Toi et ton ourse êtes les bienvenus si vous acceptez de vous joindre à nous, il est évident que votre présence serait un plus, mais dans le cas contraire je vous prierai de partir, somma la jeune femme d'un ton implacable.

Zak échangea un regard avec Sisyphe mais il ne laissa pas le temps à son mentor de s'exprimer, comme s'il avait déjà deviné ses intentions :

— Nous allons partir, Lyka et moi, mais nous vous retrouverons le moment venu…

Le vieux pisteur le dévisagea, toujours plus interrogatif.

— À votre tour de me faire confiance ! lui murmura Zak avant de lui tourner le dos.

Sisyphe finit par acquiescer et s'adressa à la jeune femme, prêt à se mettre à son service pour le futur assaut :

— Mais avant ça, auriez-vous des vivres à partager ? quémanda-t-il. J'aimerais qu'ils reprennent des forces avant de continuer, quoi qu'ils aient à accomplir…

Quelques minutes plus tard, Zak et Lyka

repartirent le ventre plein. Ils marchèrent l'un à côté de l'autre sans se retourner, quand Lyka songea avec le Lien :

— *C'est bien gentil tout ça, mais je peux savoir ce que tu comptes faire ?*

Un garçon et son ourse,
Deux amis, ensemble, retour aux sources.
Mémoires de Sombresecret

6

Zak et Lyka s'enfoncèrent dans les bois des heures durant. Le garçon pria son amie de garder le silence, ce qui ne manqua pas de la faire bougonner davantage.

Le dernier pisteur finit par s'arrêter au centre

d'une petite clairière croisée au hasard de leur marche :

— *Ici, ce sera parfait !* dit-il.

— *Pour quoi faire ?*

— *Tout reprendre depuis le début*, répondit Zak en s'asseyant en tailleur. *Pour toi, moi et tous les autres, le Lien n'est qu'un outil, j'ai mieux à proposer…*

De son côté, Sisyphe s'attela à aider au mieux les rebelles dans leurs préparatifs d'assaut. Le vieux pisteur avait conscience de l'importance de sa tâche et offrit ses conseils à la jeune femme qui les avait accueillis :

— Nous n'aurons qu'une seule chance de percer leurs lignes, les hyènes sont endurantes et elles aiment les longs affrontements, la victoire ne leur paraît que plus délicieuse.

— Oui, il faudra frapper vite si nous voulons atteindre ton frère.

— Vous saviez ? s'étonna Sisyphe, embarrassé.

— Votre ressemblance est troublante, mais rassure-toi, je n'évoquerai pas ce sujet, car certains de mes amis ne comprennent pas qu'on n'est pas coupable des actes de son frère !

— Ce n'est pas faute d'avoir cherché à l'en empêcher…

Les rebelles avaient fabriqué des épieux, taillé de nouvelles flèches, aiguisé leurs lames. Ils se divisèrent en deux escouades, une centaine d'hommes et de femmes au total, dont Calisse aux côtés de Sisyphe avait le commandement.

Elle désigna un lieutenant pour diriger le deuxième groupe. Il s'agissait d'un homme à la carrure imposante que le vieux pisteur reconnut sur-le-champ :

— Rondar, je suis heureux de te revoir, ami bûcheron !

— Moi aussi ! lui sourit en retour l'homme aux cheveux roux, même si j'aurais préféré que ce soit dans d'autres conditions !

Sisyphe approuva avant de proposer à l'assemblée :

— Je peux attaquer sur un troisième front ?

— Seul ? railla un homme sceptique. À quoi ça servirait ?

— Tu te trompes, répliqua Rondar à la place de celui qu'il avait secouru par le passé dans sa lutte contre Nokta, les pisteurs ne sont jamais seuls !

Un aigle royal perché dans les branches voisines poussa alors un cri pour appuyer cette déclaration. L'oiseau n'avait jamais quitté le giron des pisteurs et Sisyphe esquissa un léger sourire avant de relever son foulard noir sur le bas de son visage comme il le faisait pour chaque combat :

— En route !

Au même moment, bien plus loin, un puissant rugissement d'ourse déchira les forêts de Sombresecret.

Le soleil s'invita dans le ciel en milieu d'après-midi et un arc-en-ciel s'y dessina. Mais le spectacle en contrebas était beaucoup moins féerique.

Le choc des lames et des cris, voilà ce qui recouvrait la grande plaine où rebelles et hyènes s'affrontaient. Jamais le royaume de Sombre-secret n'avait connu conflit aussi violent.

Les deux groupes de rebelles tentaient de gagner de maigres centimètres de terrain, mais les hyènes qui tombaient au combat étaient aussitôt remplacées.

Toutefois, sur l'un des flancs, un homme traversait leurs lignes tel un feu follet insaisissable. Il était secondé non pas seulement par un aigle, mais par trois rapaces : aigle, faucon et buse. Les oiseaux aidaient sa progression en fondant sur les hyènes trop entreprenantes. Mais Sisyphe ne fit pas une nouvelle fois l'erreur de se frayer un passage jusqu'à Nokta. Il changea de direction pour rejoindre l'un des groupes de rebelles aux prises avec les hyènes et attaqua celles-ci à revers.

Nokta était toujours posté en commandant sur les collines. Son visage portait la trace des griffes de Lyka et il cessa d'observer le combat pour exiger d'une hyène de sa garde :

— Donne-moi ton arc !

— Pardon, seigneur ? s'étonna la hyène.

— Donne !

Le tyran arracha l'arme des pattes de l'animal et saisit délicatement le serpent lové autour de son bras droit avant de viser.

— *Chasse !* dit-il.

Le reptile se raidit comme une flèche au contact de ses doigts et la corde de l'arc claqua d'un bruit sec.

Le serpent fendit l'air et frappa l'aigle royal qui s'apprêtait à nouveau à sauver Sisyphe d'un mauvais pas.

Le malheureux rapace tomba comme une pierre au milieu du combat.

Sisyphe poussa un cri de rage, impuissant face au drame. Alors les hyènes reprirent leur chant lugubre pour pénétrer les pensées de leurs adversaires et y semer le trouble. Elles étaient prêtes à prendre l'avantage.

Ce chant était plus fort que mille tambours, et pourtant… un autre concert vint rapidement le couvrir jusqu'à l'étouffer.

Du haut de son promontoire, Nokta fronça les sourcils. Il n'avait prêté son attention qu'au combat.

Alors, tout comme les hyènes qui se figèrent, il remarqua les oiseaux perchés dans les branches à la lisière des bois. Il y en avait plusieurs centaines, peut-être plus. Les volatiles piaillaient et criaillaient à tue-tête, obligeant certains combattants à se couvrir les oreilles.

Et soudain, le raffut cessa net.

Une ourse sortit des bois à cet instant précis. Elle était chevauchée par un garçon qui n'avait jamais été aussi déterminé.

Le Lien n'était qu'un outil.
Seul le garçon l'avait compris.
Mémoires de Sombresecret

7

Nokta se précipita en première ligne sous escorte. Le tyran tonna pour affirmer sa supériorité :

— Des oiseaux ? C'est tout ce que tu as trouvé ? Décidément, ta stupidité n'a d'égale que ta témérité, gamin !

Zak ne dit mot et détourna le regard par pur défi.

Le combat s'était arrêté de lui-même et les adversaires demeurèrent immobiles, au hasard de postures parfois ridicules.

Le garçon s'adressa aux combattants :

— Baissez vos armes !

— De mieux en mieux ! rit Nokta à gorge déployée, tu penses réellement que mes hyènes vont t'obéir, morveux ?

— Ce ne sont pas « vos » hyènes, répliqua Zak toujours sans lever les yeux vers son rival, et ce n'est pas à elles que je m'adresse mais à ceux qui combattent votre tyrannie.

Les hommes et les femmes plongés dans la bataille dévisagèrent à leur tour le garçon d'un air incrédule, quand une voix jaillit parmi eux :

— Faites ce qu'il vous demande, baissez vos armes ! pria Sisyphe avant de se diriger à pas lents vers son ancien apprenti.

À présent, Nokta fulminait. Il avança de quelques pas vers l'ourse et tendit la main, paume ouverte, vers Lyka :

— Je vais réduire votre Lien à néant ! menaça-t-il, et ton ourse me servira bientôt de tapis de tente !

Mais le geste de Nokta resta suspendu. Il n'eut aucun effet.

La chef des rebelles en profita pour rejoindre Sisyphe derrière le jeune pisteur. Zak déclara, en transperçant Nokta du regard, cette fois :

— Nous n'avons plus besoin du Lien !

— Impossible ! hurla le frère de Sisyphe, tu mens ! Personne ne peut contrôler les animaux sans le Lien !

— C'est sans doute vrai, répondit Zak, mais je ne cherche pas à les contrôler. Ils ne font que m'accorder leur confiance en échange de la mienne, rien de plus.

— *J'ai le droit de le mettre en pièces ?* songea Lyka, amusée par la situation.

Nokta resta bouche bée un bref instant. Mais le garçon n'en avait pas terminé : il siffla entre ses doigts et un phénomène jamais vu se produisit.

Des hordes d'animaux sortirent peu à peu de la forêt : sangliers, cerfs, loups, renards, blaireaux, belettes, furets, ours… et Lyka poussa à nouveau son terrible rugissement rassembleur. Le Lien était visible de tous comme une immense toile d'araignée scintillante qui reliait Zak à chacun. Soudain, il disparut dans une pluie de fines poussières lumineuses, mais les animaux restèrent sur place, prêts à aider Zak et Lyka. Le Lien n'avait été qu'un déclencheur, tout comme l'appel de Lyka.

Les rebelles baissèrent leurs armes les premiers mais, contre toute attente, ils furent aussitôt imités par les hyènes.

— Qu'est-ce que vous faites ? hurla Nokta.

Mais les troupes du tyran n'avaient d'yeux que pour le garçon perché sur l'ourse.

Zak tapota l'encolure de Lyka et l'ourse s'engouffra au pas dans les lignes ennemies comme s'ils ne risquaient rien.

— Certains m'ont surnommé le dernier pisteur, déclara-t-il, déterminé, jusqu'à aujourd'hui je n'avais pas compris l'importance de ce titre. Il y a quelques jours encore, j'ai fait

la connaissance de l'une des vôtres. Elle s'appelait Ombre...

À l'évocation de ce nom, un murmure s'empara des troupes de Nokta, mais le garçon poursuivit sans laisser faiblir sa voix :

— Ombre avait choisi la liberté et elle a donné sa vie pour sauver la mienne. J'ai donc une dette envers elle et j'ai pensé un moment ne jamais pouvoir l'honorer. Pourtant, vous êtes là, devant nous, et vous pouvez choisir la liberté !

Resté en retrait, Sisyphe retira alors son baudrier orné de crocs et le laissa tomber au sol comme s'il ne comptait plus. Puis il se dirigea vers un loup blanc remarqué au milieu des hordes et posa un genou à terre près de l'animal. Le loup blottit sa tête contre lui en signe de reconnaissance et le vieux pisteur prit à son tour la parole :

— Zak a raison, dit-il, ce ne sera pas facile,

mais les terres de Sombresecret sont assez vastes pour que nous puissions y vivre tous ensemble en paix !

— Comment ? grogna tout à coup une hyène plus hardie que les autres.

— Vous seules avez le choix de votre destinée ! Vous pouvez reprendre votre liberté ou suivre celui qui jadis était mon frère et qui n'a jamais rien eu d'un seigneur !

Nokta décida de mettre un terme au trouble qui régnait maintenant dans ses rangs et rassembla toutes ses forces pour supprimer le danger représenté par le garçon et son ourse. Il ferma les yeux et tendit les deux paumes devant lui avant d'ordonner :

— Traque !

À cet instant, Zak sauta au bas de Lyka et pria les hyènes de s'écarter d'un geste du bras.

Le dernier pisteur s'accroupit et se trouva ainsi face à face avec le serpent aspic utilisé par Nokta pour tuer l'aigle quelques minutes plus tôt.

Le reptile siffla, dressé comme s'il était prêt à frapper. Mais ce fut au tour de Zak de montrer ses talents. Le dernier pisteur caressa la tête de l'animal sans montrer aucune inquiétude. Nokta chercha alors à s'interposer et tendit la main en direction du serpent. Mais en vain, l'animal avait perdu instantanément toute agressivité :

— Comment est-ce possible ? répéta le tyran

pris de court. Tu… tu dois m'obéir ! cria-t-il au reptile d'une voix désarmée.

— Je vous l'ai dit, répliqua Zak, posément. Le Lien ne devient qu'un outil si l'animal vous sent dépourvu de mauvaise intention. Le pauvre est resté enroulé à votre bras trop longtemps. Il n'aspire qu'à une vie tranquille et ce n'est pas autour de votre bras qu'il la trouvera.

Confrontées à ce nouveau prodige, les hyènes s'inclinèrent dans un même élan devant Zak. Mais le garçon leur fit signe de se relever :

— Soyez digne d'Ombre et de son sacrifice… Liberté !

Alors, le chant des hyènes se transforma et tout le monde entendit à plusieurs reprises le mot : « LIBERTÉ ! »

Et Nokta disparut derrière un mur de soldats retournés contre lui :

— Lâchez-moi ! Mais qu'est-ce que vous faites ! Vous allez le regretter ! Je suis votre seigneur ! Vous me devez obéissance ! Je vais… Je vais…

— Tu ne vas rien faire, intervint Sisyphe, les hyènes ne t'écoutent plus et les hommes en ont assez de vivre sous ton joug.

Le vieux pisteur tourna la tête vers un groupe de rebelles posté derrière lui :

— Emmenez-le ! Nous le garderons prisonnier autant de temps qu'il faudra pour qu'il rejette lui-même ses choix et la voie qu'il a suivie. Car nul homme n'est totalement perdu, même s'il décide d'emprunter les plus noirs chemins.

Maintenir la paix, le plus beau des combats.
Ils s'appelaient Zak et Lyka.

Mémoires de Sombresecret

8

Les plaines furent désertées peu à peu. Le sol portait de nombreuses traces des combats et les deux camps avaient des blessés à soigner et des morts à pleurer. La trêve était fragile et, pour éviter des rancœurs supplémentaires, une réunion se tint en marge du champ de bataille.

Des hyènes furent désignées en émissaires et ce furent Sisyphe, Calisse, l'ancienne chef des rebelles et deux autres personnes qui représentèrent les hommes.

Zak n'était pas là. Il avait à faire et partit en premier lieu remercier les animaux qui avaient répondu à son appel. Puis, dans un deuxième temps, le dernier pisteur souhaitait prendre quelques instants privilégiés avec Lyka.

— *Ton idée de simplifier le Lien jusqu'à l'abandonner a fonctionné*, songea l'ourse.

— *Oui, la confiance et le respect entre espèces, c'est un bon départ.*

— *Encore fallait-il accepter…*

— *Tu l'as bien fait, non ?* sourit Zak.

— *Oh, moi ! J'ai dû perdre la tête le jour où tu m'as libérée de ce piège ! Tu te souviens ?*

— *Tu parles du jour où je t'ai sauvé la vie ?* fit

mine de fanfaronner Zak.

— *Avant que je ne sauve la tienne une bonne dizaine de fois !*

— *Je te laisse tenir les comptes !* sourit le garçon.

Un instant de silence s'installa et il reprit :

— *Tu sais ce que je prévois de faire ?*

— *Je l'ai deviné, oui… Et tu vas me demander si je viens avec toi ou pas…*

— *Non, je sais déjà que tu viens !*

— *Pfff ! Parfois, ce Lien entre nous est très pénible ! On ne peut même plus faire semblant…*

— *Eh non,* ricana Zak avant de caresser la tête de son amie, *mais il n'y a plus de Lien, rappelle-toi, c'est comme ça maintenant entre toi et moi !*

Lyka et Zak devisèrent ainsi près d'une heure avant de rejoindre le petit comité qui essayait de poser les bases d'une paix durable.

Lorsque le dernier pisteur pénétra dans la tente, les quatre hyènes présentes s'agenouillèrent comme elles le faisaient auparavant pour leur monarque :

— Je ne suis pas un seigneur, déclara Zak, embarrassé, avant d'aider l'une d'elles à se relever, je ne suis qu'un garçon !

Les hyènes avaient encore beaucoup à apprendre mais elles acceptèrent la remarque de bon gré.

— Nous prévoyons de repartir pour les terres du Nord, où nous aurons à bâtir de nouvelles cités, jugea bon de l'informer l'une d'elles.

— Et nos compétences en la matière sont maigres, appuya une deuxième, j'ai peur que nos semblables ne s'agacent vite de ces changements tant elles sont habituées aux pillages.

— Nous viendrons avec vous, annonça alors Rondar qui assistait au comité.

Sisyphe opina et les hyènes échangèrent des regards avant d'accepter l'offre :

— Vous et les vôtres serez nos invités et nous serons vos obligées !

— Très bien, on a du pain sur la planche ! lâcha Rondar, enjoué.

— Je me joindrai à vous, déclara Sisyphe, je servirai d'émissaire entre les factions pour faciliter nos échanges.

Peu après cette réunion, Zak et Sisyphe

s'éloignèrent pour entamer une autre discussion.

— Ma mère est là quelque part dans les royaumes voisins. Je vais la chercher à Ursidia.

— Tu es sûr que c'est une bonne idée ? demanda le vieux pisteur à l'annonce des intentions du garçon. Et Lyka ? Je suppose qu'elle vient avec toi.

— Bien entendu !

Le vieux pisteur tendit le bras vers son apprenti et l'attrapa pour une franche accolade.

— Que tu as grandi, regarde-toi, tu en connais plus sur les animaux que moi, désormais !

— Merci, murmura Zak, un sanglot dans la voix, merci pour tout… maître Sisyphe !

— Oh ! ne t'y trompe pas, mon garçon ! Dès que j'en aurai terminé avec ce rôle d'émissaire chez les hyènes, je viendrai vous rejoindre. J'aurai plaisir à vous retrouver, même si j'avoue que Lyka a un sacré caractère !

— *J'entends*, signala l'ourse à travers le Lien en s'approchant d'eux, *je ne suis pas sourde !*

Calisse vint les saluer avant leur départ et leur confia des vivres.

Ainsi, Zak et Lyka partirent ensemble vers d'autres contrées.

Ils avaient un nouveau but.

Zak le savait, sa mère l'attendait là, quelque part.

À leur passage, des oiseaux chantèrent et quelques rongeurs les regardèrent passer en prenant soin de rester cachés.

Zak sentait leur présence. Il était un maître pisteur et il n'était pas seul.

Le garçon enfourcha son ourse et disparut bientôt à l'horizon.

Ils avaient l'avenir devant eux, un avenir qui les conduirait vers le passé de Zak, sur les terres d'Ursidia, mais aussi vers celles et ceux qui ne savaient pas encore qu'ils possédaient le don…

Des pisteurs, l'histoire restera gravée,
Mais la paix était-elle faite pour durer ?

Mémoires de Sombresecret

Découvre le début des aventures de Zak et Lyka

Au royaume de **Sombresecret**, gouverné par le cruel Nokta, **Zak** est apprenti **pisteur** : il est capable d'établir un lien avec les animaux par la **pensée**. Lorsque son maître pisteur se fait **empoisonner**, Zak doit partir à la recherche de l'antidote dans la dangereuse **caverne aux araignées**. Il découvre alors que le **Lien** peut avoir une puissance insoupçonnée…

Le jeune **Zak** et son ourse **Lyka**, toujours accompagnés du **maître pisteur** Sisyphe, sont poursuivis par les hyènes armées du **tyran** Nokta ! Une **alliée** inattendue vient les aider. Mais un danger plus grand les attend : la **Manticore**, monstrueux lion ailé à queue de scorpion, cherche à les **détruire**. Zak et Lyka ont développé leurs pouvoirs grâce au **Lien**, mais cela suffira-t-il pour **rester en vie** ?

Collectionne les romans **Pas de géant** !

Les enquêtes
d'Anatole Bristol
Le gang des farceurs

Les enquêtes
d'Anatole Bristol
Mystères et Visages pâles

Les enquêtes
d'Anatole Bristol
Voler n'est pas jouer

Les enquêtes
d'Anatole Bristol
Marabout et bouts
de mystère

Les enquêtes
d'Anatole Bristol
Anatole contre
Arsène Lapin

Les enquêtes
d'Anatole Bristol
6, impasse des Mystères

Les enquêtes
d'Anatole Bristol
Les super pouvoirs
d'Anatole

Les enquêtes
d'Anatole Bristol
Carton rouge pour Luca !

Collectionne les romans **Pas de géant** !

Pardon Simon

Les enfants
du labyrinthe

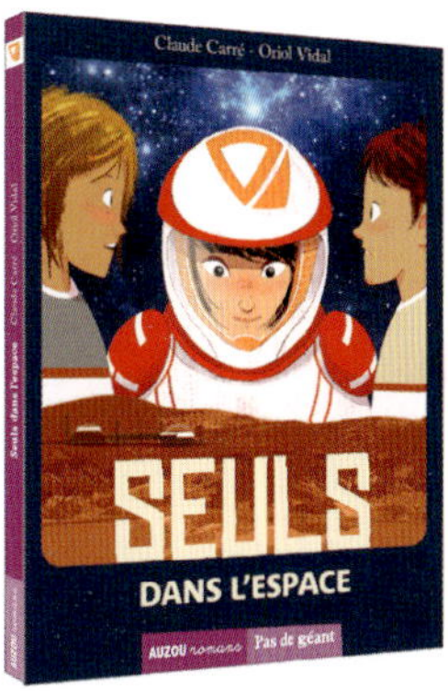

Seuls dans l'espace

Esther Aranax

Collectionne les romans **Pas de géant** !

Princesse LinYao
et la perle d'immortalité

Princesse Tya
et la disparition du pharaon

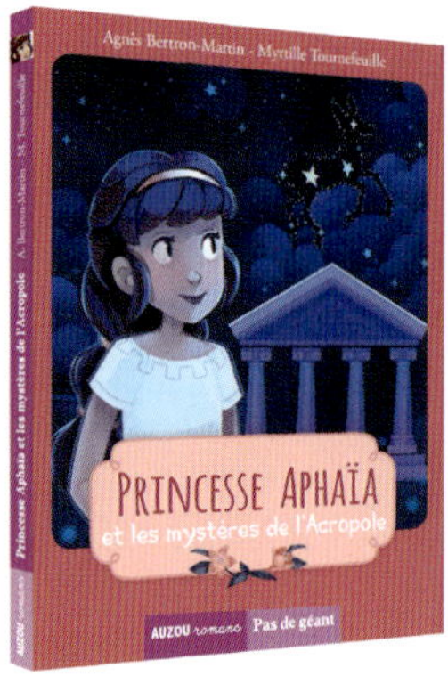

Princesse Aphaïa
et les mystères
de l'Acropole

Princesse Aurore
et le secret du Roi-Soleil

Le trésor gaulois de Séquana

Collectionne les romans **Pas de géant** !

L'échange

Peur sur le ranch !

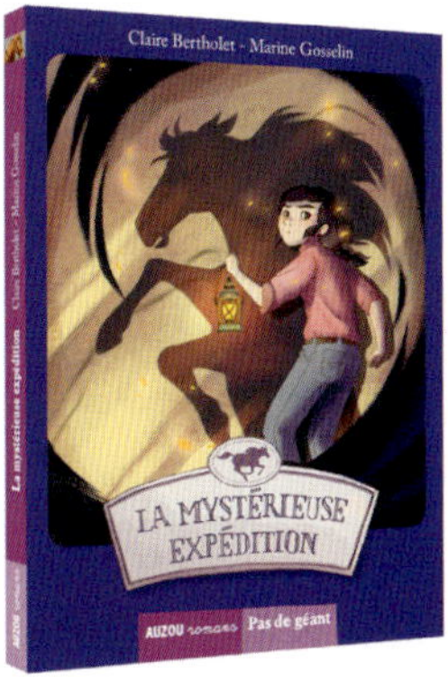

La mystérieuse expédition

Sur la piste de Renard-de-Feu

Collectionne les romans **Pas de géant** !

Les monuments de l'ombre
1 - L'énigme du chevalier

Les monuments de l'ombre
2 - Le labyrinthe du passé

Les monuments de l'ombre
3 - Le secret de la neuvième heure

Les monuments de l'ombre
4 - La couronne perdue

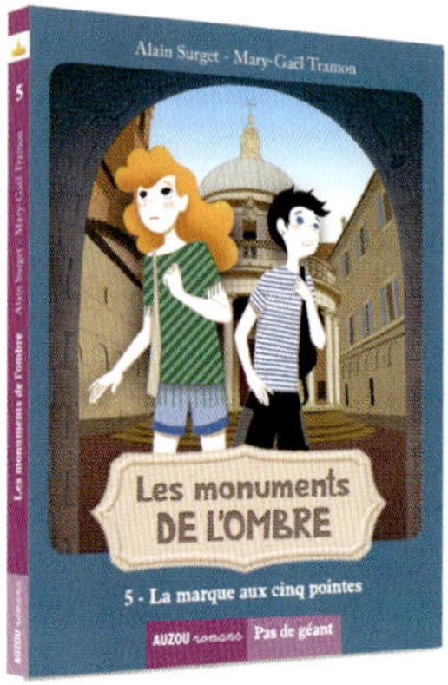

Les monuments de l'ombre
5 - La marque aux cinq pointes

Les monuments de l'ombre
6 - La crypte noire

Collectionne les romans **Pas de géant** !

Le journal de Lola

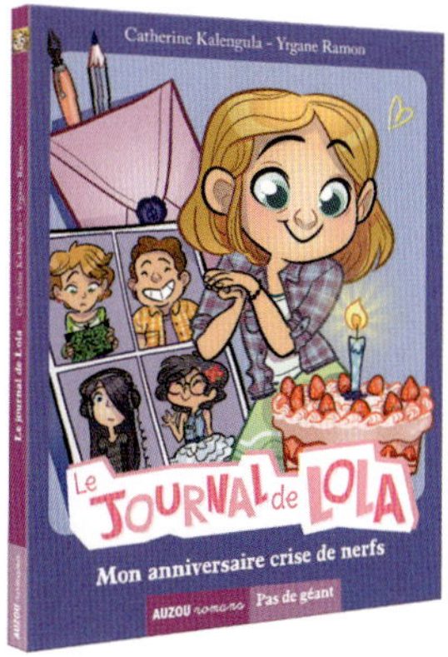

Le journal de Lola
Mon anniversaire
crise de nerfs

Le jour où j'ai trouvé un trésor

Le jour où je suis devenu détective

Table des matières

Un petit mot de l'auteur et de l'illustratrice

Voilà… Zak et Lyka s'éloignent.
Ils partent, ensemble bien sûr, vers Ursidia la terre des ours. J'espère que ces deux-là au travers de leurs trois aventures vous auront fait voyager, sourire, et rêver. Parce que c'est aussi ça, la lecture ! Un merci tout particulier à mes éditrices Maya et surtout Emeline qui m'ont aidé à rendre ce rêve possible et même à l'améliorer ! Bon voyage pour d'autres livres et aventures !

Pascal Brissy

Bonjour ! Je suis illustratrice et dessinatrice de bande dessinée et je viens de Hong Kong. J'adore dessiner des animaux depuis que je suis petite, et j'aurais voulu avoir le pouvoir de communiquer avec eux ! J'espère que vous aimerez l'histoire passionnante de Zak et Lyka.

Bonnie Pang